su

Eigentlich möchte Frau Blum den Milchmann kennenlernen ist die heute als klassisch geltende Sammlung von Lesestücken, mit der dem Autor etwas für seine und unsere Zeit Einmaliges gelungen ist: auf lakonische, fast emotionslose, genau beobachtende und dabei dennoch anrührende Weise alltägliche Begebenheiten aufzuzeichnen und ihnen Geschichten zu »entnehmen«, von denen jede die Welthaftigkeit und Tiefe eines Epos besitzt.

»Peter Bichsel ist ein Poet. Das wußte man schon nach seinem ersten Buch«, erinnert sich Max Frisch 1981, auf die 1964 erstmals erschienenen Geschichten anspielend, die gewissermaßen über Nacht den Ruhm von Peter Bichsel begründeten.

Peter Bichsel, geboren 1935 in Luzern, lebt in Solothurn. Im suhrkamp taschenbuch sind zuletzt erschienen:
Kindergeschichten (st 2642 und st 3660), *Der Busant. Von Trinkern, Polizisten und der schönen Magelone* (st 3101), *Cherubin Hammer und Cherubin Hammer* (st 3165) und *Gegen unseren Briefträger konnte man nichts machen. Kolumnen 1990-1994* (st 3322).

Peter Bichsel
Eigentlich möchte Frau Blum den Milchmann kennenlernen
21 Geschichten

Suhrkamp

Umschlagfoto: Isolde Ohlbaum

suhrkamp taschenbuch 2567
Erste Auflage 1996
© Walter-Verlag AG, Olten 1964
Alle Rechte beim Suhrkamp Verlag Frankfurt am Main
Suhrkamp Taschenbuch Verlag
Alle Rechte vorbehalten, insbesondere das
der Übersetzung, des öffentlichen Vortrags sowie der Übertragung
durch Rundfunk und Fernsehen, auch einzelner Teile.
Kein Teil des Werkes darf in irgendeiner Form
(durch Fotografie, Mikrofilm oder andere Verfahren)
ohne schriftliche Genehmigung des Verlages reproduziert
oder unter Verwendung elektronischer Systeme
verarbeitet, vervielfältigt oder verbreitet werden.
Druck: Druckhaus Nomos, Sinzheim
Printed in Germany
Umschlag: Göllner, Michels, Zegarzewski
ISBN 978-3-518-39067-2

6 7 8 9 10 11 – 12 11 10 09 08 07

Eigentlich möchte Frau Blum
den Milchmann kennenlernen

STOCKWERKE

Behelfsmäßig kann man sich ein Haus vorstellen, ein Haus mit vier Stockwerken, mit einer Treppe, die sie verbindet und trennt, mit einem Ziegeldach; ein Haus an einer Straße, auf teurem Boden hineingezwängt zwischen andere, die Fenster gegen die Straße gerichtet, den Eingang im Hinterhof.
Im Parterre würde niemand wohnen. Man hat noch nie jemanden gesehen im Parterre. Im Parterre ist dieselbe braune Tür, gesprungener Lack, Milchglasscheiben, blaugestreifte Vorhänge. Im Parterre wohnt vielleicht niemand.
Erster Stock: Braune Tür, gesprungener Lack, Milchglasscheibe. Hier wohnt jemand.
Zweiter Stock: Hier wohnt auch jemand.
Und im dritten Stock wohnt jemand.
Wenn jemand auszieht, zieht jemand ein.

Am ersten Tag riecht man es, riecht man die Vorliebe für Knoblauch oder den Ölgeruch des Mechanikers oder das Sägemehl des Schreiners, später vielleicht noch den Windelgeruch der Kleinen, aber dann, am dritten Tag schon, gehört der Geruch dem Haus, ist es wieder das Haus mit den vier Stockwerken.
Im zweiten Stock wohnt wieder jemand.
Die Türschildchen werden gewechselt.
Ein Telefonmonteur öffnet das Kästchen unten im Gang, ändert den Anschluß und flucht und ändert ihn noch einmal und geht.
Vielleicht wohnt im Parterre doch jemand.
Im Frühling, am 4. April zum Beispiel, wirft die Sonne eine Zeichnung auf die Treppe zwischen dem zweiten und dritten Stockwerk, es ist dieselbe wie letztes Jahr.
Das Mädchen vom dritten Stock klopft im zweiten Stock und bittet die Frau höflich und schüchtern, ob es den Ball haben dürfe,

der ihm vom dritten Stock auf den Balkon des zweiten Stocks gefallen sei.
Der Dachboden ist mit Latten unterteilt, jedes Stockwerk hat ein Abteil, jedes Abteil ist mit einem Vorhängeschloß gesichert, sicher werden hier auch alte Matratzen aufbewahrt, Fotoalben und Tagebücher, Spiegel.
Jemand kehrt den Dachboden alle zwei Wochen.
Hausierer pflegen zuerst im obersten Stock zu läuten. Nachdem sie gefragt haben, ob weiter oben noch jemand wohne, gehen sie hinunter, läuten im zweiten Stock, dann im ersten, dann im Parterre. Die Hoffnung macht das Treppensteigen leichter und enttäuscht kann man nur hinuntergehen.
Hausierer haben mit Häusern zu tun.
Förster haben mit dem Wald zu tun. Frauen haben mit dem Warten zu tun.
Häuser sind Häuser.

DIE MÄNNER

Sie saß da. Wenn man sie gefragt hätte, seit wann, hätte sie geantwortet: »Immer, ich sitze immer da.«

Sie wartete hier, bald auf eine Freundin, auf eine Kollegin, auf den Zug, auf den Abend.

Der Kellner lächelte vertraulich, wenn er den Kaffee brachte. Sie besaß ein rotes Portemonnaie, und es gehörte ihr so sehr, wie nur jungen Frauen ein Portemonnaie gehören kann. Es kam auch vor, daß ihr jemand den Kaffee bezahlte, aber dann kam die Freundin oder der Zug und sie bedankte sich.

Heute hatte man ihr im Büro gesagt, sie sei nett, der Chef hatte es gesagt, sie spielte mit dem Portemonnaie.

Schöne Frauen sollten nicht warten müssen, dachte man. Sie ist jung, dachte man auch. Ein bißchen verdorben, wünschte man.

Sie macht Lungenzüge, sah man. Eine Freundin hatte es sie gelehrt, wußte man.
Um halb sieben fährt der Zug. Sie sahen ihr zu, wie sie den engen Mantel aufknöpfte, auszog, sich ausschälte. Später wieder anzog, sich in ihn schmiegte, über die Hüften strich.
Sie hat einen großen Mund.
Sie hat schöne Haare.
Sie ist klein und zierlich.
Man kannte ihre Stimme: »Einen Kaffee bitte – danke schön – auf Wiedersehen.« Eine weiche Stimme.
Rehaugen.
Man hätte sie fragen können. Der Kellner fragte: »Was wünschen Sie?«
Sie ist ein kleines Mädchen, ein kleines Ding, ein Püppchen, ein Schmetterling, dachte man auch.
Man hätte sie ja fragen können.
Sie hat eine zarte Hand.
Sie wartet hier, bald auf eine Freundin, auf eine Kollegin, auf den Zug, auf den Abend.

Sie ist ein Mädchen.
Wenn man sie fragt, ist sie schon eine Frau.

BLUMEN

Dann stellte er sie sich in einem Blumenladen vor, mit grüner Schürze und Nelkenlächeln.
Er würde eintreten und fragen, ob es hier Blumen zu kaufen gebe und sie würde erschrecken und lächeln und sagen:
»Fast nur Blumen«, und er würde auch lächeln.
»Ja, ich sehe«, würde er sagen. Dann würde er fragen:
»Duften sie?«
Sie gibt keine Antwort. Sie nimmt eine gelbe Blume aus der nächsten Vase in die Hand und dreht sie zwischen Zeigefinger und Daumen.
»Was wünschen Sie?« will sie fragen, läßt es aber sein.
»Hat er gefragt, ›duften sie‹«, fragt sie sich.

›Mir wird es peinlich‹, denkt sie. In Gedanken versucht sie ihm zuzuflüstern, was er zu sagen hätte:
›Sie haben viele Blumen hier.‹
›Lieben Sie die roten Blumen.‹
›Astern gefallen mir gut.‹
›Wie heißen die Blumen.‹ Aber sie hat es vergessen.
›Viele Blumen haben Sie hier.‹ – ›Ich liebe Blumen‹, würde sie sagen. ›Astern gefallen mir‹, könnte er sagen.
›Vor allem die roten‹, würde sie antworten.
Und sie weiß, daß sie duften, aber Blumen duften ganz anders, das weiß sie auch.
»Blumen duften ganz anders«, sagt sie.
Und er würde nichts sagen.
Und später würde sie fragen: »Was tun Sie hier?« und er würde antworten: »Ich verkaufe Blumen.«
»Warum duften sie nicht?« sagt sie.
»Es sind Papierblumen.«
»Oh, sie sind schön«, flüstert sie.

»Aber sie duften nicht«, sagt er.
»Kann man den Duft nicht herstellen?« bemitleidet sie ihn.
Oder er würde sagen: »Ich stelle Papierblumen her.«
»Oh, das ist sicher schwer«, sagt sie darauf, »ich möchte das auch können, aber ich liebe Papierblumen nicht.«
»Warum stelle ich Papierblumen her?« würde er im Weggehen denken.

PFINGSTROSEN

In den Briefkasten einer alten Frau hat jemand einen Strauß Blumen gesteckt, Blumen aus einem gut gedüngten Garten, fette Pfingstrosen. Eine alte Frau hat einer alten Frau Blumen gebracht, eingewickelt in den Inseratenteil einer Zeitung, fett wie Blumenkohl und brauchbar.
Sie hat sie mühsam in die Stadt getragen, in schwarzem Mantel, Hut mit Schleier, Wollstrümpfen. »Adele wird sich freuen, Adele hat Blumen gern«, hat sie gesagt, und »Wir haben so viele in unserem Garten, wir wissen nicht, wohin damit«, und »Adele wohnt fünf Treppen hoch, ich stecke die Blumen in den Briefkasten, Adele wird sie sicher finden, Adele wird sich freuen«.

Adele war immer allein und hatte Läuse als sie zur Schule ging, Adele ist zweiundsiebzig.

Adele scherzt mit dem Milchmann und zählt das Herausgeld nach, die Milch wird teurer. Adele bekam nie Rosen geschenkt. Rosen kosten viel und verwelken schnell. Sie hat Erfahrungen mit Geranien, sie zerkleinert Eierschalen und bewahrt sie lange in Wasser auf, in Regenwasser. Kleine Bäumchen sind die Geranien geworden, man muß von ihnen sprechen, wenn man zu Adele kommt. Sie erzählt allen, wie man sie pflegt, und sie sagt, daß ihre Mutter die schönsten im Dorfe hatte.

Adele wird sich freuen. Sie machen sich gut, die Pfingstrosen, auf dem weißen Tischtuch mit Spitzenbesatz. Prächtig sind sie geraten dieses Jahr, fleischig wie Krautstengel. Adele wird eine Zeitung unter die Vase legen, die Zeitung mit den Todesanzeigen.

Adele ist eine alte Frau. Die Nachbarin ist letzte Woche gestorben, sie war dreiundsiebzig, Jahrgang neunundachtzig, 1889. Alterskrebs, das weiß Adele. Sie fragte den Arzt.

Adele hat auch einen Franken gegeben, an

den Kranz für die Nachbarin. »Die gute Seele«, hat sie gesagt, »sie hätte für mich auch einen Franken gegeben.«
Zu Adeles Beerdigung wird der Neffe aus Aarau kommen. Ihr Neffe ist Bankbeamter in Aarau.
Und Adele ist zweiundsiebzig, Jahrgang 1890.

1900 war sie in der vierten Klasse, bei Lehrer Widmer, er hatte den Roten gern. Adele war gut im mündlich Rechnen. Von den Klassenkameraden sind viele gestorben, kürzlich die Veronika. Die andern sieht man selten. Eine kommt hie und da in die Stadt und bringt Bohnen oder einen Blumenkohl.

NOVEMBER

Er fürchtete sich und wenn er zu jemandem sagte: »Es ist kälter geworden«, erwartete er Trost.
»Ja, November«, sagte der andere.
»Bald ist Weihnachten«, sagte er.
Er hatte Heizöl eingekauft, er besaß einen Wintermantel, er war versorgt für den Winter, aber er fürchtete sich. Im Winter ist man verloren. Im Winter ist alles Schreckliche möglich, Krieg zum Beispiel. Im Winter kann die Stelle gekündigt werden, im Winter erkältet man sich. Man kann sich schützen gegen die Kälte, Halstuch, Mantelkragen, Handschuhe. Aber es könnte noch kälter werden.
Es nützt nichts, jetzt »Frühling« zu sagen.
Die Schaufenster sind beleuchtet, sie täuschen Wärme vor. Aber die Kirchenglocken klirren. In den Wirtschaften ist es heiß, zu

Hause öffnen die Kinder die Fenster und lassen die Wohnungstür offen, im Geschäft vergißt man seinen Hut.
Man bemerkt nicht, wie die Bäume Blätter fallen lassen. Plötzlich haben sie keine mehr. Im April haben sie wieder Blätter, im März vielleicht schon. Man wird sehen, wie sie Blätter bekommen.
Bevor er das Haus verläßt, zählt er sein Geld nach.
Schnee wird es keinen geben, Schnee gibt es nicht mehr.
Frierende Frauen sind schön, Frauen sind schön. »Man muß sich an die Kälte gewöhnen«, sagte er, »man muß tiefer atmen und schneller gehen.« — »Was soll ich den Kindern zu Weihnachten kaufen?« fragte er.
»Man wird sich an die Kälte gewöhnen«, sagte er zum andern. »Ja, es ist kälter geworden, November«, sagte der andere.

DIE LÖWEN

Auch der Großvater wollte Dompteur werden, um all die zu ärgern, die ihm nichts zutrauten, um alle zu ärgern. Davon erzählte er nie. Er hielt sich auf einem kleinen Weiher Enten. Nun ist er tot, er trank zu viel.
Einmal in seinem Leben muß er erkannt haben, daß er kein Dompteur wird. Seit jener Stunde fand er den Eintritt in den Zirkus zu teuer.
Er heiratete ein schönes Mädchen und machte sich in einem Kalender Notizen über das Wetter, Temperatur und Windstärke. Nach seinem Tode wurde sein Geld geteilt. Nun haben alle ein Stück Großvater.
Ein Leser des Tagblattes fragte kürzlich bei der Redaktion an, ob es wohl möglich sei, mit 43 Jahren und ohne Vorkenntnisse das Flötenspiel zu erlernen. Zufälligerweise, antwortete man ihm, kenne man jemanden, der

es noch mit 64 lernte, allerdings: Ausdauer, Liebe, Geduld.
Als er starb, war er niemand mehr. Er wurde kleiner, verlor die Eitelkeit, mehr und mehr den Verstand, die Kraft, das Wasser zu halten, die Fähigkeit, die Schuhe zu binden, und als er starb, war er niemand mehr. Er war tot geworden.
Im Alter besuchte er viele Beerdigungen, saß gerührt und unbeteiligt in der Kirchenbank und drehte den Hut in der Hand.
Sein Schlaf war unregelmäßig, er schlief viel und überall ein und erwachte kurz darauf wieder. Die Löwen waren aus seinen Träumen verschwunden und mit ihnen die Träume selbst. Er wußte nicht mehr, wie die schönen Mädchen sind und gab der Kellnerin zu viel Trinkgeld.
Nun ist sein Geld geteilt. Die Enkel haben die Löwen mitgenommen und sie sorgfältig unter ihren Betten versteckt. Es war gut für ihn und für uns.
Man fragte den Großvater nie etwas, er war

nicht weise geworden. Aber alt war er geworden. Das ist sehr wichtig, daß man alt wird. Es würde weh tun, die Löwen verlassen zu müssen. Die Löwen waren leise gegangen, der Großvater bemerkte es nicht. Er ist tot, weil er zu viel trank.

MUSIKDOSEN

Einmal sagte sie: »Ich will ein Klavier«, und er wußte, daß nun bald ein schwarzes Monstrum im Zimmer stehen würde. Er sagte: »Nein, ich kaufe kein Klavier.«
Sie weinte.
»Ich will kein Klavier«, sagte er und ging zu seinen Musikdosen.
Sie waren eingeschlossen in den Geheimfächern seines Sekretärs. Niemand wußte davon. Niemand wußte, daß er stets eine auf sich trug, eine aus dunklem Holz mit geschnitzten Edelweißen. Niemand hörte sie, Musikdosen sind leise und die große Jahrmarktsorgel pflegte er mit Tüchern zu umhüllen, wenn er sie spielte. Sie stand im Keller.
Sie wollte ein Klavier haben und er kaufte ein Klavier. Er hätte ihr eine Jahrmarktsorgel kaufen können, aber er hätte sich da-

mit verraten, sie hätte geweint, sie hätte ihn nicht mehr gegrüßt und sie wäre vielleicht nachts aufgestanden und hätte seinen Wekker zerstört um ihn zu ärgern. Bestimmt hätte sie die Geheimfächer aufgebrochen.
Sie hatte in der Schule gelernt, daß Musikdosen kitschig sind. Engländer kaufen Musikdosen, hatte man ihr gesagt. Seit man das in der Schule lernt, hatte er Geheimfächer gegen alles, was man in der Schule lernt.
Sie spielte jetzt Klavier und sie sagte: »Ich weiß, daß du Musik gern hast.« Und er hörte sie spielen und dachte, was ist eine Musikdose gegen ein Klavier.
»Ich will nicht, daß du Klavier spielst«, hätte er sagen sollen und er fürchtete, er könnte seine Musikdosen vergessen, er könnte den Schlüssel zum Sekretär verlieren, jemand könnte die Geheimfächer aufbrechen.
Vielleicht hätte er ihr davon erzählen sollen, aber sie hätte ihn zu schnell verstanden und sie hätte gesagt, sie wisse, daß er Musik gern habe.

Und er wagte immer seltener, seine Musikdosen zu spielen, er saß im Zimmer, hörte ihr zu, sah das Klavier und ihre ungeschickten Finger und abends umarmte sie ihn und sagte: »Ich weiß, daß du Musik gern hast.«

HOLZWOLLE

Nun zeigte er also seine Lichtbilder. Die Gäste schienen damit einverstanden.
Seine Frau sagte, daß sie farbig und immer eine schöne Erinnerung seien. Während die Polstergruppe umgeordnet wurde, erklärte er den Herren die Vorzüge seiner Kamera und sie schwärmte vom Meer. Dann holte er die Leinwand, drückte auf einen Knopf, und sie rollte hoch aus dem schwarzen Kasten. Dann schob er sie zurück, um den Mechanismus mit der Feder noch einmal vorführen zu können. Mit aufgestapelten Büchern brachte er den Projektor in die richtige Lage. Ein Verlängerungskabel war notwendig und lange nicht zu finden, dann suchte man nach einem Dreifachstecker.
Dann drehte man das Licht aus.
Dann sind es immer dieselben Bilder. Sehr blauer Himmel, Wolken wie Wattebäusche

und hier noch einige Aufnahmen mit Madelaine.

Madelaine lacht und behauptet, sie sehe schrecklich aus auf den Bildern. Dann stellt man fest, daß die da romanisch und die vordere gotisch sei. Und alle Lichtbilder sehen aus wie Lichtbilder von griechischen Tempeln. Nach der Vorführung wird einen das Licht blenden.

Madelaine sieht wirklich schrecklich aus.

Man kann jetzt ohne weiteres die Augen schließen und an irgend etwas, an einen Teddybären, denken.

Als man ihm den Bauch aufgeschnitten hatte, sagte die Mutter: »Jetzt ist er kaputt.«

»Es ist etwas drin.«

»Das ist nur Holzwolle.« Holzwolle entsteht in den Bären, in geschlachtete Bären verpackt man Glaswaren.

Erst Jahre später, heute vielleicht, und oft in Glaswarenhandlungen, bereut man den Mord.

Heute sind die Teddybären viel kleiner. Sie

waren groß und gelb, und sie hatten etwas, das man in der Holzwolle suchte.
Jetzt ist er kaputt.
In Schneemännern muß es auch etwas haben. Man wird es nie finden. Sobald man es sucht, ist der Schneemann keiner mehr.
So wie der Teddybär keiner mehr war.
In Glaswarenhandlungen fühlt man die Sehnsucht nach ihm.
Teddybären haben viel treuere Augen als Hunde.
»Jetzt ist er kaputt«, hatte die Mutter gesagt.
Heute machen sie Teddybären ohne Holzwolle. Bald werden die Glaswaren in Besseres verpackt.
Niemand wird dann Teddybären sezieren, in der Holzwolle wühlen und die Finger in ihre Wärme tauchen, niemand.
Und jetzt noch einige Bilder von Madelaine.

SEIN ABEND

Er versprach sich viel von seinem Begräbnis und hatte stets Wünsche für die Gestaltung der Feier. »Macht ja keine Geschichten«, erklärte er, oder er sagte zur Frau: »Weißt du, daß ich Nelken hasse, das mußt du wissen, das könnte einmal wichtig sein.«

Er war froh, daß er nicht schon vor zwei, oder vor fünf oder vor zehn Jahren gestorben war, denn vor zwei Jahren hätte man ihm noch Nelken aufs Grab gelegt, damals liebte er Nelken und vor fünf Jahren liebte er Blechmusik, und vor zehn Jahren war er noch Mitglied einer Partei.

Früher las er die Nekrologe in den Zeitungen. »Es gibt doch viele einfache und gute Menschen«, hatte er sich gedacht. Jetzt fand er die Nekrologe alle gleich und ärgerte sich

über die Fotografien, die dazu veröffentlicht wurden.
Zu seiner Frau sagte er: »Ich hasse Nelken.«
Abends, wenn er von der Arbeit kam, war er müde und fand das Zimmer überheizt.
»Du rauchst zu viel«, sagte die Frau. »Du solltest dich schonen«, sagte sie auch. Er las die Zeitung.
Seine Frau erschrak oft, wenn er etwas sagte. Er faltete plötzlich die Zeitung, legte sie auf den Tisch und sagte: »Ich kann mich noch gut erinnern, wie unsere Bahn elektrifiziert wurde, ich war an der Feier, ein Bundesrat sprach.« Ein anderes Mal erzählte er vom Marconipult, das sein Vater besessen hatte, mit Kopfhörer, es war eines der ersten in der Gegend gewesen.
Was wollte sie dazu sagen. Wenn sie nichts sagte, ärgerte es ihn.
»Ich möchte, daß du von nun an ein Haushaltungsbuch führst«, sagte er.
Die Frau wußte, daß ihm sein Vorgesetzter Bühlmann verhaßt war. Davon erzählte er.

Es war ihr unangenehm, wenn Bühlmann auf der Straße freundlich grüßte. Bühlmann trug einen Haarfilzhut mit grüner Kordel.

Sie sagte auch: »Du siehst müde aus heute«, und wenn er darauf keine Antwort gab, sagte sie: »Du solltest vielleicht einmal zum Arzt gehen.« Oder sie sagte: »Was soll ich dir morgen kochen«, oder »Wann nimmst du deinen Urlaub?«

Seine Frau hatte das Recht, am Donnerstag ins Kino zu gehen. Gerne hätte sie ihn einmal mitgenommen und ihre Freude mit ihm geteilt, wie sie sagte. Sie war auch auf den Lesezirkel abonniert und erhielt jeden Monat ihr Buch. Wenn man ihn über die Bücher gefragt hätte, hätte er gesagt: »Goethe und so.«

Was dieser Bühlmann wohl gegen ihn haben mochte? Bühlmann war nun einmal sein Vorgesetzter.

Vielleicht war es doch nur die randlose Brille, was ihn an Bühlmann ärgerte.

»Dieser Bühlmann war auch im Kino«, sagte die Frau als sie vom Kino kam, und Bühlmann sagte am andern Morgen: »So, wie hat Ihrer Gemahlin der Film gestern gefallen, sie hat sich wohl amüsiert.«

Das waren seine Abende. Er wußte nicht, weshalb während des ganzen Abends das Radio laufen mußte. Wenn es ihm auffiel, störte es ihn. Er drehte es ab. Wenn es nicht lief, störte es ihn. »Es ist heiß«, sagte er. »Ich habe gesagt, es sei heiß«, sagte er, schrie vielleicht. Dann betrachtete er die Frau vorwurfsvoll, dann drehte er am Radio.

Langweilige Geschichte.

›Langweilige Geschichte‹, dachte er. ›Er liest die Zeitung‹, dachte sie. »Du darfst dich von Bühlmann nicht unterkriegen lassen«, sagte sie.

»Bühlmann kann Englisch.«

»Ich gehe jetzt schlafen«, sagte er mehrmals, bevor er schlafen ging.

DER MILCHMANN

Der Milchmann schrieb auf einen Zettel: »Heute keine Butter mehr, leider.« Frau Blum las den Zettel und rechnete zusammen, schüttelte den Kopf und rechnete noch einmal, dann schrieb sie: »Zwei Liter, 100 Gramm Butter, Sie hatten gestern keine Butter und berechneten sie mir gleichwohl.«
Am andern Tag schrieb der Milchmann: »Entschuldigung.« Der Milchmann kommt morgens um vier, Frau Blum kennt ihn nicht, man sollte ihn kennen, denkt sie oft, man sollte einmal um vier aufstehen, um ihn kennenzulernen.
Frau Blum fürchtet, der Milchmann könnte ihr böse sein, der Milchmann könnte schlecht denken von ihr, ihr Topf ist verbeult.
Der Milchmann kennt den verbeulten Topf, es ist der von Frau Blum, sie nimmt meistens

2 Liter und 100 Gramm Butter. Der Milchmann kennt Frau Blum. Würde man ihn nach ihr fragen, würde er sagen: »Frau Blum nimmt 2 Liter und 100 Gramm, sie hat einen verbeulten Topf und eine gut lesbare Schrift.« Der Milchmann macht sich keine Gedanken, Frau Blum macht keine Schulden. Und wenn es vorkommt – es kann ja vorkommen – daß 10 Rappen zu wenig daliegen, dann schreibt er auf einen Zettel: »10 Rappen zu wenig.« Am andern Tag hat er die 10 Rappen anstandslos und auf dem Zettel steht: »Entschuldigung.« ›Nicht der Rede wert‹ oder ›keine Ursache‹, denkt dann der Milchmann und würde er es auf den Zettel schreiben, dann wäre das schon ein Briefwechsel. Er schreibt es nicht.

Den Milchmann interessiert es nicht, in welchem Stock Frau Blum wohnt, der Topf steht unten an der Treppe. Er macht sich keine Gedanken, wenn er nicht dort steht. In der ersten Mannschaft spielte einmal ein Blum, den kannte der Milchmann, und der

hatte abstehende Ohren. Vielleicht hat Frau Blum abstehende Ohren.
Milchmänner haben unappetitlich saubere Hände, rosig, plump und verwaschen. Frau Blum denkt daran, wenn sie seine Zettel sieht. Hoffentlich hat er die 10 Rappen gefunden. Frau Blum möchte nicht, daß der Milchmann schlecht von ihr denkt, auch möchte sie nicht, daß er mit der Nachbarin ins Gespräch käme. Aber niemand kennt den Milchmann, in unserm Quartier niemand. Bei uns kommt er morgens um vier. Der Milchmann ist einer von denen, die ihre Pflicht tun. Wer morgens um vier die Milch bringt, tut seine Pflicht, täglich, sonntags und werktags. Wahrscheinlich sind Milchmänner nicht gut bezahlt und wahrscheinlich fehlt ihnen oft Geld bei der Abrechnung. Die Milchmänner haben keine Schuld daran, daß die Milch teurer wird.
Und eigentlich möchte Frau Blum den Milchmann gern kennenlernen.

Der Milchmann kennt Frau Blum, sie nimmt 2 Liter und 100 Gramm und hat einen verbeulten Topf.

HERR GIGON

Amen. Die Frauen verließen das Zimmer. Sie hüstelten, ordneten das Halstuch, zogen den Mantel zurecht, warteten am Ende der Bankreihe auf die Nachbarin, lächelten ihr zu, bildeten Gruppen und flüsterten. Einige hatten ihre Männer mitgebracht, die gingen hinter ihnen und hielten ihre Hüte an der Krempe, bereit, sie aufzusetzen. Herr Gigon stand vor den Bänken, die Bibel in den gefalteten Händen, er nickte leise den offenen Gesichtern zu. Seine Worte sanken wieder in ihn zurück.
Er blickte über die leeren Bänke, deren dunkelbraunes Holz tiefe Kerben von Taschenmessern sich langweilender Konfirmanden trug. Er blieb lange stehen vor diesen Bänken, sie waren tröstlich. Erst dann wandte er sich den Zurückgebliebenen zu, beantwortete ihre Fragen und war dankbar, drückte ih-

re Hände, schaute in ihre Augen, dankte für ihr Kommen und blickte dann auch ihnen nach.

Nun war das Zimmer wieder grün, trostlos grün mit speckiger Ölfarbe verstrichen, ein Stehpult, das Harmonium, die Bänke, die vier Evangelisten von Dürer, vier Fenster, die steil nach oben führten und auch tags nicht viel Licht einließen, ein Kellergeschoß unter der Kirche, nebenan die Teeküche für den Missionsbazar und die Bänke, die dunkelbraunen Bänke mit ihren Kerben, ihren Herzen, ihren Namen. Und er setzte sich, deckte mit einer Hand Stirn, Augen und Nase, liebkoste sein Gesicht, sank in sich zusammen und sprach: Herr.

Er betastete sein Gesicht und wußte nicht, ob er noch betete. In seiner Rechten hielt er die Bibel, sie lag leicht in seiner Hand, fast entglitt sie ihm. Mit Daumen und Mittelfinger betastete er die Augenkugeln unter den Lidern, strich über den Nasenrücken, wußte nicht, ob er noch betete und setzte kein

Amen hinzu. Dann, dazwischen, sagte er noch einmal »Herr«.

»Herr schicke mir Trinker, schicke mir Dirnen, Diebe, auf daß ich sie dir zuführen kann«, war das Gebet auf der Predigerschule. Jetzt hieß sein Gebet »Herr«, und nicht einer unter seinen Zuhörern war nicht frömmer als er. Er war da, ihnen zu sagen: »So fromm seid ihr, so fromm wie die Frommen.« Er sprach in ihre rosigen Gesichter, in ihre gleichnisfreudigen Seelen, er hielt ihnen das schwarze Buch beschwörend vor die Augen und rief: »Hier drin steht das Leben«, und sie nickten wie Musterschüler und auf ihren Gesichtern leuchtete das »Ja, lieber Herr Gigon«.

Und er beantwortete ihre Fragen.

Er schaute ihnen nach und nickte.

Er setzte sich.

Herr.

Und er stand auf, ging zum Stehpult, öffnete die Opferbüchse, entnahm seiner Mappe ein Leinensäcklein, leerte den Inhalt der Büchse hinein, verstaute Säcklein und Bibel in seiner Mappe, ergriff sie mit beiden Händen, blieb noch einmal stehen, schaute noch einmal auf die Bänke und sagte etwas.

DIE BEAMTEN

Um zwölf Uhr kommen sie aus dem Portal, jeder dem nächsten die Tür haltend, alle in Mantel und Hut und immer zur gleichen Zeit, immer um zwölf Uhr. Sie wünschen sich, gut zu speisen, sie grüßen sich, sie tragen alle Hüte.
Und jetzt gehen sie schnell, denn die Straße scheint ihnen verdächtig. Sie bewegen sich heimwärts und fürchten, das Pult nicht geschlossen zu haben. Sie denken an den nächsten Zahltag, an die Lotterie, an das Sporttoto, an den Mantel für die Frau und dabei bewegen sie die Füße und hie und da denkt einer, daß es eigenartig sei, daß sich die Füße bewegen.
Beim Mittagessen fürchten sie sich vor dem Rückweg, denn er scheint ihnen verdächtig und sie lieben ihre Arbeit nicht, doch sie muß getan werden, weil Leute am Schalter

stehn, weil die Leute kommen müssen und weil die Leute fragen müssen. Dann ist ihnen nichts verdächtig, und ihr Wissen freut sie, und sie geben es sparsam weiter. Sie haben Stempel und Formulare in ihrem Pult, und sie haben Leute vor den Schaltern. Und es gibt Beamte, die haben Kinder gern und solche, die lieben Rettichsalat, und einige gehn nach der Arbeit fischen, und wenn sie rauchen, ziehen sie meist die parfümierten Tabake den herberen vor, und es gibt auch Beamte, die tragen keine Hüte.

Und um zwölf Uhr kommen sie alle aus dem Portal.

VOM MEER

Dann wäre noch zu sagen, daß es mir hier sehr gut gefällt, ich lege auch eine Ansichtskarte bei, dort wo das Kreuz steht, wohne ich, im ersten Stock, das Fenster mit den geschlossenen Läden. Hier ist es schon sehr heiß, gestern stieg das Thermometer über 30 Grad. Gut, daß immer ein leichter Wind vom Meer her weht.

Ein Brief, geschrieben am 19. Mai, irgendwo steckengeblieben und hier am 25. eingetroffen, fremde Briefmarke, verwischter Stempel und auch ein Geruch, wie ihn Briefe haben. Noch im Treppenhaus reißt sie ihn auf, blättert ihn durch, bleibt vor der Wohnungstür stehen, liest den Satz fertig, greift blind nach der Türfalle. Jetzt ist der Umschlag zerrissen, der Absender unleserlich, Via Alberti, vielleicht.

Vielleicht ist das Meer im Frühling nicht so lächerlich. Gut, daß immer ein leichter Wind vom Meer her weht. Der 19. war ein Sonntag, dolce far niente, Brief geschrieben, am Montag auf die Post gebracht, gut, daß immer ein leichter Wind vom Meer her weht. »Gut« und einige Sätze über Palmen, Pizzas und Venedig. Und unter der Adresse steht »Svizzera« in großen Buchstaben, zweimal unterstrichen. Wer sammelt Briefmarken?
Sie faltet den Brief, faltet ihn noch einmal, faltet ihn zu einem kleinen Paket, öffnet ihn, streicht ihn glatt und denkt nach. Heute hat es geregnet, sie versucht den Brief wegzulegen, versucht, sich Italien vorzustellen – Espresso mit einem Glas Wasser, Acqua, Campari und ein Tellerchen mit Oliven – zündet sich dann endlich eine Zigarette an, faltet den Brief wieder.
Und er schreibt »gut«, gut, daß immer ein leichter Wind vom Meer her weht. Er ist in seinem Zimmer, ein Sonntag irgendwo am Meer, Mittelmeer, Via Alberti sehr wahr-

scheinlich, schreibt diesen Brief, der heute am 25. angekommen ist, den der Postbote mit den Zeitungen, den Drucksachen, den Rechnungen in den Briefkasten gesteckt hat, diesen Brief, der nicht verlorengegangen ist, der eine vollständige Adresse trägt, der einen Empfänger gefunden hat, einen Brief vom Meer.

Er schreibt, was man vom Meer schreibt und daß es blau sei und er schreibt »herzliche Grüße« wie man »herzliche Grüße« schreibt und er entschuldigt seine Schrift, entschuldigt sein langes Schweigen und schreibt, daß es gut sei, daß immer ein leichter Wind vom Meer her wehe.

Dann, später einmal, wirft der Postbote einen Brief in den Kasten, und unter der Adresse steht »Svizzera«, und es ist seine Schrift, und es ist angenehm am Meer, es gefällt ihm gut.

DAS MESSER

Der Mann wurde verhaftet, dann verurteilt. Dann stand er vor einem Beamten des Gefängnisses und leerte die Taschen. Der Beamte schrieb: »Ein rotes Taschenmesser mit zwei Klingen, einem Zapfenzieher und einem Schraubenzieher.«
Der Mann sagte: »Ein schlechter Sommer.«
Er war gewohnt, mit den Leuten zu sprechen.
»In den Strafbüchern gibt es keine Tarife für Sommer«, hätte der Beamte sagen können. Er sagte nichts. Er wußte, daß die Neuen sprechen wollen. Das Reglement verbietet nicht, Antwort zu geben, aber alle Neuen wollen sprechen.
Vor dem Gefängnis spielte eine Blasmusik jene Melodie, die einem bekannt vorkommt. Die Melodie kam, warf einige Töne direkt ins Fenster, wurde leiser und verschwand. Da lächelte der Mann.

Für den Beamten war das etwas ganz anderes. Er arbeitete von 7 Uhr bis 12 Uhr und von 2 Uhr bis 6 Uhr, eine lange Arbeitszeit.
»Auch ein Sommer kann alles entschuldigen«, dachte vielleicht jetzt der Mann. Er lächelte wieder.
Der Beamte sprach leise vor sich hin: »Ein rotes Taschenmesser mit zwei Klingen, einem Zapfenzieher und einem Schraubenzieher.« Er schaute zu dem Mann auf.
»Richtig«, sagte der Mann, vielleicht hätte er nichts sagen sollen. Er hätte nichts sagen sollen. Er hätte nichts tun sollen, er hätte sich nicht erwischen lassen sollen.
Viele andere haben nichts getan.
Dann hat Marschmusik auch etwas Peinliches. Das einzige, was man tun könnte, wäre stehenbleiben; denn geht man ohne zu denken, geht man im Takt. Wenn man denkt, geht man gegen den Takt. Die andern werden es so oder so bemerken. Die andern möchten auch stehenbleiben, man kann

nicht unbemerkt stehenbleiben. Man kann nicht.

Der Beamte arbeitete von 7 bis 12 und von 2 bis 6. Neun Stunden sind eine lange Zeit.
Der Beamte war freundlich und hatte eine Familie, draußen vor dem Gefängnis, und einen Sohn, der in der Musik des Dorfes Trompete spielte, und überhaupt war es für ihn überhaupt etwas ganz anderes. Es ist nicht angenehm, jemandem ein Messer abzunehmen, das Messer auf einer Liste zu registrieren und es in der Schachtel Nummer 834 zu deponieren.
Das wußte der Beamte und das wußte der Mann. Und der Mann sagte: »Ein schlechter Sommer«, er wollte dem Beamten nicht böse sein.

SAN SALVADOR

Er hatte sich eine Füllfeder gekauft.
Nachdem er mehrmals seine Unterschrift, dann seine Initialen, seine Adresse, einige Wellenlinien, dann die Adresse seiner Eltern auf ein Blatt gezeichnet hatte, nahm er einen neuen Bogen, faltete ihn sorgfältig und schrieb: »Mir ist es hier zu kalt«, dann, »ich gehe nach Südamerika«, dann hielt er inne, schraubte die Kappe auf die Feder, betrachtete den Bogen und sah, wie die Tinte eintrocknete und dunkel wurde [in der Papeterie garantierte man, daß sie schwarz werde], dann nahm er seine Feder erneut zur Hand und setzte noch seinen Namen Paul darunter.
Dann saß er da.

Später räumte er die Zeitungen vom Tisch, überflog dabei die Kinoinserate, dachte an

irgend etwas, schob den Aschenbecher beiseite, zerriß den Zettel mit den Wellenlinien, entleerte seine Feder und füllte sie wieder. Für die Kinovorstellung war es jetzt zu spät.
Die Probe des Kirchenchores dauert bis neun Uhr, um halb zehn würde Hildegard zurück sein. Er wartete auf Hildegard. Zu all dem Musik aus dem Radio. Jetzt drehte er das Radio ab.
Auf dem Tisch, mitten auf dem Tisch, lag nun der gefaltete Bogen, darauf stand in blauschwarzer Schrift sein Name Paul.
»Mir ist es hier zu kalt«, stand auch darauf.
Nun würde also Hildegard heimkommen, um halb zehn. Es war jetzt neun Uhr. Sie läse seine Mitteilung, erschräke dabei, glaubte wohl das mit Südamerika nicht, würde dennoch die Hemden im Kasten zählen, etwas müßte ja geschehen sein. Sie würde in den »Löwen« telefonieren.
Der »Löwen« ist mittwochs geschlossen.

Sie würde lächeln und verzweifeln und sich damit abfinden, vielleicht.
Sie würde sich mehrmals die Haare aus dem Gesicht streichen, mit dem Ringfinger der linken Hand beidseitig der Schläfe entlang fahren, dann langsam den Mantel aufknöpfen.
Dann saß er da, überlegte, wem er einen Brief schreiben könnte, las die Gebrauchsanweisung für den Füller noch einmal – leicht nach rechts drehen – las auch den französischen Text, verglich den englischen mit dem deutschen, sah wieder seinen Zettel, dachte an Palmen, dachte an Hildegard.
Saß da.
Und um halb zehn kam Hildegard und fragte: »Schlafen die Kinder?«
Sie strich sich die Haare aus dem Gesicht.

DAS KARTENSPIEL

Herr Kurt sagt nichts. Er sitzt da und schaut dem Spiel zu. Die vier legen ihre Karten auf den Tisch, die Asse und die Könige, die Achter und die Zehner, die roten zu den roten und die schwarzen zu den schwarzen.
Herr Kurt läßt sich sein Bier temperieren. Sein Glas steht in einem verchromten Gefäß mit heißem Wasser. Von Zeit zu Zeit hebt er es vorsichtig, läßt das Wasser abtropfen. Oft stellt er es zurück, ohne zu trinken; denn er schaut dem Spiel zu.
Herr Kurt hat seinen Platz, niemand weiß seit wann und weshalb. Aber um fünf Uhr ist er da, setzt sich oben an den Tisch, grüßt, wenn er gegrüßt wird, bestellt sein Bier und man bringt ihm das heiße Wasser dazu.
Um fünf Uhr sind auch die andern da, die vier, und spielen Karten, nicht immer dieselben vier, am Montag meist jüngere, am

Dienstag Geschäftsleute, am Freitag vier ehemalige Schulkollegen, Jahrgang 1912, und an den übrigen Wochentagen irgendwelche vier. Oben am Tisch sitzt immer Herr Kurt. Er trinkt ein Bier und sitzt bis sieben Uhr da. Ist das Spiel spannend, bleibt er eine Viertelstunde länger, später geht er nie.

Im Restaurant sitzen auch andere, aber kein anderer kommt jeden Tag. Selbst der Wirt ist nicht jeden Abend da und die Kellnerin hat am Mittwoch ihren freien Tag.

Herr Kurt macht niemanden neugierig. Trotzdem hat man ihn in den Jahren kennengelernt. In der Agenda des Wirts steht unter dem 14. Juli »Herr Kurt«. An diesem Tag, es ist sein Geburtstag, bekommt Herr Kurt sein Gratisbier. Der Wirt kann sich nicht erinnern, woher er Herrn Kurts Geburtstag kennt. Man würde Herrn Kurt nicht danach fragen. Nach dem Spiel werfen die vier ihre Karten auf den Tisch, nehmen die Kreide und zählen zusammen, die Verlierer bezahlen die Zeche. Dann ereifern sie sich über Spielregeln und Taktik, machen sich gegenseitig Vorwürfe und rechnen sich aus, was geschehen wäre, wenn man den König später und den Zehner früher ausgespielt hätte. Herr Kurt nickt ab und zu oder schüttelt den Kopf. Er sagt nichts.

Wenn Herr Kurt die Regeln des Kartenspiels nicht kennen würde, sähe er sein Leben lang nur rote und schwarze Karten. Aber er kennt die Karten und er kennt das Spiel. Es ist wahrscheinlich, daß er es kennt.
Bei Herrn Kurts Beerdigung wird man alles über ihn erfahren, die Todesursache, sein Alter, seinen Geburtsort, seinen Beruf. Man wird vielleicht überrascht sein. Und später wird, weil es unvermeidlich ist, ein Spieler sagen, daß er Herrn Kurt vermisse. Aber das ist nicht wahr, das Spiel hat ganz bestimmte Regeln.

DER TIERFREUND

Jetzt wäre wieder Gelegenheit, die Geschichte über den Tierfreund zu schreiben, die Geschichte über den Mann mit den beiden Hunden, die Geschichte über den Mann, der mit den Hunden spazierengeht.

Doch lassen wir die Gelegenheit vorübergehn, die Geschichte hat Zeit und später wird es wohl auch viel mehr Tierfreunde geben, die Geschichte wird später, wenn es nur noch Tierfreunde gibt, viel unverständlicher sein und zu keinen Mißverständnissen führen.

Man kann nicht mit gutem Gewissen für den Tierfreund, für unseren Tierfreund mit den zwei Hunden, schreiben und wenn man gegen den Tierfreund schreibt, macht man sich verdächtig.

Unser Tierfreund sollte ein Mann sein, dessen Alter man nicht kennt, ein Mann mittleren Alters. Und unser Tierfreund sollte überzeugt sein, daß es gut tut, mit Hunden umzugehen. Und er sollte gerecht sein und die Hunde keineswegs verwöhnen. Ein stiller Spaziergänger sollte er sein und ein Spaziergänger mit einem Ziel. Er sollte den Hunden nichts Heißes zu fressen geben und auf Kalorien und Vitamine achten. Das wäre die Voraussetzung für diese Geschichte.

Ganz nebenbei wäre der Tierfreund verheiratet und es wäre kein Mann, der mit Hunden spricht und mit Menschen selten. Er wäre ein Freund Englands und ein Feind des Rindviehs, der Stechmücken, der Zecken und der andern Hunde.

Wenn mir keine Geschichte einfällt, suche ich die über den Tierfreund. Es scheint mir, daß es meine Geschichte wird, daß sie sich nicht vermeiden läßt, denn mich lieben die Hunde. Oft tun sie mir einen Gefallen. Doch ich fürchte mich vor ihnen. Vielleicht quäle ich deshalb Katzen, vor Katzen fürchte ich mich nicht.

Der Tierfreund wäre mir zwar böse und ich schreibe die Geschichte über ihn recht ungern. Es ist mir unangenehm, daß ich eine Geschichte und ausgerechnet diese schreiben muß, daß ich mich gezwungen fühle. Deshalb lasse ich noch einmal die Gelegenheit vorübergehn, und ich denke oft daran, einen Hund zu kaufen; damit sollte ich eigentlich meine Pflicht getan haben.

DIE TANTE

Es schien ihr schon viel, daß, wenn man auf eine Taste des Klaviers schlägt, ein Ton aus dem Kasten antwortet.
Ihre Mutter hatte allerdings spielen können. Sie hatte ihr damals auch versprochen, es ihr beizubringen. Dann war die erste Stunde von einem Tag auf den andern verschoben worden, und sie hatte das schwarze Klavier mehr und mehr verehrt. Der Staub hatte sich in seinem Glanz gespiegelt, ein Hauch hatte genügt, ihn wegzublasen.
Nun schien das Klavier klebrig zu sein. Sein Glanz ging mit der Mutter weg, der Staub war bösartig geworden und man mußte mit Tüchern gegen ihn kämpfen. Man mußte es mit weißen Tüchern decken oder mit gelben Tüchern abstauben. Seine Tasten waren gelb und seine Töne verstimmt und schöner geworden.

Es war nun ein altes Klavier, das von Tag zu Tag wuchs und nirgends mehr Platz finden wollte. Und es machte seine Umgebung, Tische, Stühle und Teppiche lächerlich. Jetzt endlich war es Mutters Klavier, damals hatte sie es noch nicht so genannt. Sie hätte es nicht weggegeben, sie hätte es nicht verkauft, sie hätte es wohl nicht einmal spielen lassen.

Als ihr der Notar das Klavier zugeteilt hatte, war sie so gut wie verlobt gewesen. Das hatte der Mutter vieles leichter gemacht. Es war ihr nicht aufgefallen, daß der Bruder keinen Anspruch auf das Klavier erhoben hatte, trotzdem er verheiratet war und Kinder hatte.

Sie hatte nun das Klavier und die Erinnerung an das Klavier. Sie bekämpfte mit Tüchern den Staub. Überhaupt gab sie viel auf die Sauberkeit ihrer Wohnung, auf den Glanz des Parketts, auf die Unverrückbarkeit der Möbel, auf die Lage der Teppichfransen.

Auch sonst begann sie ihrer Mutter zu gleichen, wurde dick und bekam ein liebes Gesicht, wie man es in Kirchenbänken antrifft, ein Gesicht, das ihren Neffen bald verhaßt war.

Der Bruder besuchte sie nie.

Im Januar bekam sie einige mit viel Widerwillen geschriebene Dankbriefe der Neffen für die Weihnachtsgeschenke, »die uns gefallen«. Sie hatte eine Abscheu vor Männern und sie bewunderte ihre Mutter, die so viel Geduld für den Vater aufgebracht hatte. Sie beschwerte sich bei den Nachbarn über den Lärm der Kinder der andern Nachbarn. Und sie hatte Kinder gern.

Vor Jahren half sie im Kinderhort aus, aber ihre Nerven ertrugen es nicht. Im Mütterverein nahm niemand daran Anstoß, daß sie ledig war. Sie freute sich auf den Ausflug des Müttervereins, auf den Autocar, auf die Süßigkeiten.

Beim Hausmeister beklagte sie sich von Zeit zu Zeit über die mangelhafte Heizung und wenn man von ihr sprach, sagte man: »Sie hätten ihre Mutter kennen sollen.«

In ihrem Kehrichteimer lagen zerlesene illustrierte Zeitschriften. Man wußte von ihr, daß sie früh zu Bett ging, daß sie früh aufstand, daß sie ihre Steuern rechtzeitig bezahlte.

Sie war nicht einsam, erfüllte ihr Leben mit Betriebsamkeit, Zeitschriften und Geschwätz, mit Pünktlichkeit und Liebe, und sie strickte Mützen und Pullover, die niemand tragen mochte. Auf dem Wohltätigkeitsfest des Müttervereins kaufte sie so viele Tombolalose, daß ihr die große Zierpuppe mit den echten Haaren und den Schlafaugen und dem Namen Marilyn fast sicher sein mußte und sie gewann sie auch. Jetzt saß die Marilyn auf dem Sofa und hatte auch ein liebes Gesicht.

Sie löste Preisausschreiben, kaufte eine Tafel Speisefett der Marke so und so, suchte den Namen der griechischen Friedensgöttin, erriet die Zahl der möglichen Teilnehmer und

träumte von der versprochenen Reise nach Palma de Mallorca.
Und sie fand die Dinge nett, allerliebst und reizend.
Und ihr Bruder besuchte sie nie.
Und ihre Neffen schrieben ihr mit Widerwillen. Und sie glich mehr und mehr ihrer Mutter.
Sie war auf die Sauberkeit ihrer Wohnung bedacht. Sie war auch sechsundfünfzig Jahre alt, sie saß in ihrer Wohnung und man hörte sie nie, nicht umhergehen, nicht eine Melodie summen, nicht die Vorhänge ziehen. Wenn sie gesungen hätte, das ahnte man, hätte sie eine sehr hohe Sopranstimme gehabt, kindlich und alt zugleich.
Sie gehörte nun bald zu jenen Leuten, denen man, besonders im Winter und besonders in der Adventzeit, eine Freude machen sollte; zu den Leuten, denen man Geschichten vorliest, ein Liedchen singt und eine Kerze schenkt, oder denen man das Holz spaltet und den Teppich klopft.

Und man hörte sie nie eine Melodie summen.
Und wenn sie auf Mutters Klavier einen Ton anschlug, dann geschah das zufällig, dann geschah das zum Beispiel, wenn sie mit dem gelben Tuch über die Tasten fuhr.

DIE TOCHTER

Abends warteten sie auf Monika. Sie arbeitete in der Stadt, die Bahnverbindungen sind schlecht. Sie, er und seine Frau, saßen am Tisch und warteten auf Monika. Seit sie in der Stadt arbeitete, aßen sie erst um halb acht. Früher hatten sie eine Stunde eher gegessen. Jetzt warteten sie täglich eine Stunde am gedeckten Tisch, an ihren Plätzen, der Vater oben, die Mutter auf dem Stuhl nahe der Küchentür, sie warteten vor dem leeren Platz Monikas. Einige Zeit später dann auch vor dem dampfenden Kaffee, vor der Butter, dem Brot, der Marmelade.

Sie war größer gewachsen als sie, sie war auch blonder und hatte die Haut, die feine Haut der Tante Maria. »Sie war immer ein liebes Kind«, sagte die Mutter, während sie warteten.

In ihrem Zimmer hatte sie einen Plattenspieler, und sie brachte oft Platten mit aus der Stadt, und sie wußte, wer darauf sang. Sie hatte auch einen Spiegel und verschiedene Fläschchen und Döschen, einen Hocker aus marokkanischem Leder, eine Schachtel Zigaretten.

Der Vater holte sich seine Lohntüte auch bei einem Bürofräulein. Er sah dann die vielen Stempel auf einem Gestell, bestaunte das sanfte Geräusch der Rechenmaschine, die blondierten Haare des Fräuleins, sie sagte freundlich »Bitte schön«, wenn er sich bedankte.

Über Mittag blieb Monika in der Stadt, sie aß eine Kleinigkeit, wie sie sagte, in einem Tearoom. Sie war dann ein Fräulein, das in Tearooms lächelnd Zigaretten raucht.

Oft fragten sie sie, was sie alles getan habe in der Stadt, im Büro. Sie wußte aber nichts zu sagen.

Dann versuchten sie wenigstens, sich genau vorzustellen, wie sie beiläufig in der Bahn ihr rotes Etui mit dem Abonnement aufschlägt und vorweist, wie sie den Bahnsteig entlang geht, wie sie sich auf dem Weg ins Büro angeregt mit Freundinnen unterhält, wie sie den Gruß eines Herrn lächelnd erwidert.

Und dann stellten sie sich mehrmals vor in dieser Stunde, wie sie heimkommt, die Tasche und ein Modejournal unter dem Arm, ihr Parfum; stellten sich vor, wie sie sich an ihren Platz setzt, wie sie dann zusammen essen würden.

Bald wird sie sich in der Stadt ein Zimmer nehmen, das wußten sie, und daß sie dann wieder um halb sieben essen würden, daß der Vater nach der Arbeit wieder seine Zeitung lesen würde, daß es dann kein Zimmer mehr mit Plattenspieler gäbe, keine Stunde des Wartens mehr. Auf dem Schrank stand eine Vase aus blauem schwedischem Glas, eine Vase aus der Stadt, ein Geschenkvorschlag aus dem Modejournal.

»Sie ist wie deine Schwester«, sagte die Frau,

»sie hat das alles von deiner Schwester. Erinnerst du dich, wie schön deine Schwester singen konnte.«

»Andere Mädchen rauchen auch«, sagte die Mutter.

»Ja«, sagte er, »das habe ich auch gesagt.«

»Ihre Freundin hat kürzlich geheiratet«, sagte die Mutter.

Sie wird auch heiraten, dachte er, sie wird in der Stadt wohnen.

Kürzlich hatte er Monika gebeten: »Sag mal etwas auf französisch.« – »Ja«, hatte die Mutter wiederholt, »sag mal etwas auf französisch.« Sie wußte aber nichts zu sagen.

Stenografieren kann sie auch, dachte er jetzt.

»Für uns wäre das zu schwer«, sagten sie oft zueinander.

Dann stellte die Mutter den Kaffee auf den Tisch. »Ich habe den Zug gehört«, sagte sie.

ROMAN

Ein Mann verliebt sich in ein Mädchen. Das Mädchen weiß, daß der Mann verliebt ist.
Der Mann beschaut sich ihren Gang und ihre Beine, erkundigt sich nach ihrem Namen.
Er sagt zu seiner Frau: »Sie ist hübsch.« Und seine Frau bestätigt es. »Sie ist freundlich«, sagt er.
Wenn seine Frau lächelt, erscheint ein weißer Zahnstreifen zwischen ihren Lippen. Dann erstirbt das Lächeln und der Streifen bleibt.
Das Mädchen lächelt nicht.
Der Mann betrachtet sich im Spiegel.
In Locarno hält er es nur eine Woche aus. In der Apotheke ist eine Verkäuferin, die dem Mädchen gleicht. Sie trägt eine weiße Schürze. Nach einer weiteren Woche kehrt der Mann zurück, nicht ohne im Zug ein Gespräch mit dem Nachbar anzuknüpfen.

Inzwischen hat das Mädchen eine Stelle in London angetreten. Der Mann hört davon.
Er beschließt, im Herbst wieder nach Locarno zu reisen. Seine Frau besteht seit langem darauf, einen Fernsehapparat anzuschaffen. Man berechnet einen Kostenaufwand von etwas über tausend Franken, Antenne und Montage eingeschlossen. Im Herbst geht er nach Locarno. Wählt absichtlich ein anderes Hotel am andern Ende des Orts. In der Apotheke ist ein anderes Mädchen. Es trägt eine weiße Schürze.
Eine ernsthafte Erkrankung der Frau zwingt ihn, seinen Urlaub abzubrechen.
Man hat jetzt das Fernsehen.
Das Mädchen hat sich in London die Haare färben lassen.
Der Mann schreibt nach Jahren wieder einmal seinem Bruder in Amerika, wartet wochenlang auf Antwort.
Inzwischen ist eine andere Partei stark geworden. Inzwischen ist es Frühling geworden.

Einmal mit Fremdsprachen angefangen, will nun das Mädchen auch noch Spanisch lernen.
In den letzten drei Wochen hat er es zwei Mal gesehen.
Die Haarfarbe enttäuschte ihn.
Jetzt wird sie nach Barcelona gehen.
Der Mann macht seine Reservation im Hotel rückgängig. +o cancel Das Geschäft nimmt ihn jetzt voll und ganz in Anspruch. Man empfiehlt ihm, im Winter einmal nach Davos zu reisen. Auch für Leute, die keinen Wintersport trieben, biete Davos viele Reize und Schönheiten.
Die Frau wird ihn nach Davos begleiten.
Eine Postkarte aus Amerika liegt im Briefkasten. Der Bruder macht viele Rechtschreibefehler.
Er nimmt mit seiner Frau die Sonntagsspaziergänge wieder auf. Er bricht sich dabei einen Zweig von einem Baum.
Sein Sohn erklärt, daß er dieses Jahr seinen Urlaub im Mai nehmen wolle. Mit einem

Kollegen zusammen macht er eine Reise nach Spanien.
Die Frau hat sich schon jetzt bei der Reiseagentur Prospekte von Davos geholt. »Es sind zwar alles Winterprospekte«, entschuldigt sich das Fräulein.
Braungebrannt und mit einer geschmuggelten Flasche Chartreuse kehrt der Sohn aus Spanien zurück.

ERKLÄRUNG

Am Morgen lag Schnee.
Man hätte sich freuen können. Man hätte Schneehütten bauen können oder Schneemänner, man hätte sie als Wächter vor das Haus getürmt. Der Schnee ist tröstlich, das ist alles, was er ist – und er halte warm, sagt man, wenn man sich in ihn eingrabe.
Aber er dringt in die Schuhe, blockiert die Autos, bringt Eisenbahnen zum Entgleisen und macht entlegene Dörfer einsam.

INHALT

Stockwerke 7
Die Männer 10
Blumen 13
Pfingstrosen 16
November 19
Die Löwen 21
Musikdosen 24
Holzwolle 27
Sein Abend 30
Der Milchmann 34
Herr Gigon 38
Die Beamten 42
Vom Meer 44
Das Messer 47
San Salvador 50
Das Kartenspiel 53
Der Tierfreund 56
Die Tante 59
Die Tochter 65
Roman 69
Erklärung 73

suhrkamp taschenbücher
Eine Auswahl

Isabel Allende
- Das Geisterhaus. Übersetzt von Anneliese Botond.
  st 1676. 500 Seiten
- Porträt in Sepia. Übersetzt von Lieselotte Kolanoske.
  st 3487. 512 Seiten

Ingeborg Bachmann. Malina. Roman. st 641. 368 Seiten

Jurek Becker
- Jakob der Lügner. Roman. st 774. 283 Seiten
- Amanda herzlos. Roman. st 2295. 384 Seiten

Louis Begley
- Lügen in Zeiten des Krieges. Roman. Übersetzt von Christa
  Krüger. st 2546. 223 Seiten
- Schmidt. Roman. Übersetzt von Christa Krüger
  st 3000. 320 Seiten
- Schmidts Bewährung. Roman. Übersetzt von Christa
  Krüger. st 3436. 314 Seiten

Thomas Bernhard. Ein Lesebuch. Herausgegeben von
Raimund Fellinger. st 3165. 112 Seiten

Peter Bichsel
- Kindergeschichten. st 2642. 84 Seiten
- Cherubin Hammer und Cherubin Hammer.
  st 3165. 112 Seiten

Truman Capote. Die Grasharfe. Roman. Übersetzt von
Annemarie Seidel und Friedrich Podszus. st 3135. 208 Seiten

Paul Celan. Gesammelte Werke in sieben Bänden. Sieben Bände in Kassette. st 3202-st 3208. 3380 Seiten

Marguerite Duras. Der Liebhaber. Übersetzt von Ilma Rakusa. st 1629. 194 Seiten

Hans Magnus Enzensberger. Der Fliegende Robert. Gedichte, Szenen, Essays. st 1962. 350 Seiten

Max Frisch
- Homo faber. Ein Bericht. st 354. 203 Seiten
- Stiller. Roman. st 105. 438 Seiten

Norbert Gstrein. Der Kommerzialrat. Bericht. st 2718. 148 Seiten

Marie Hermanson. Muschelstrand. Roman. Übersetzt von Regine Elsässer. st 3390. 304 Seiten

Peter Handke. Mein Jahr in der Niemandsbucht. Ein Märchen aus den neuen Zeiten. st 3084. 632 Seiten

Hermann Hesse.
- Das Glasperlenspiel. Versuch einer Lebensbeschreibung des Magister Ludi Josef Knecht samt Knechts hinterlassenen Schriften. st 2572. 616 Seiten
- Siddhartha. Eine indische Dichtung. st 182. 136 Seiten

Ludwig Hohl. Die Notizen oder Von der unvoreiligen Versöhnung. st 1000. 832 Seiten

Yasushi Inoue. Das Jagdgewehr. Übersetzt von Oskar Benl. st 2909. 98 Seiten

Uwe Johnson. Jahrestage. Aus dem Leben der Gesine Cresspahl. Einbändige Ausgabe. st 3220. 1728 Seiten

James Joyce. Ulysses. Roman. Übersetzt von Hans Wollschläger. st 2551. 988 Seiten

Franz Kafka. Der Prozeß. Roman. st 2837. 282 Seiten

Bodo Kirchhoff. Infanta. Roman. st 1872. 502 Seiten

Andreas Maier. Wäldchestag. Roman. st 3381. 315 Seiten

Magnus Mills. Die Herren der Zäune. Roman. Übersetzt von Katharina Böhmer. st 3383. 216 Seiten

Cees Nooteboom. Allerseelen. Roman. Übersetzt von Helga van Beuningen. st 3163. 440 Seiten

Juan Carlos Onetti. Das kurze Leben. Roman. Übersetzt von Curt Meyer-Clason. Mit einem Nachwort von Durs Grünbein. st 3017. 380 Seiten

Marcel Proust. In Swanns Welt. Auf der Suche nach der verlorenen Zeit. Übersetzt von Eva Rechel-Mertens. st 2671. 564 Seiten

Hans-Ulrich Treichel. Der Verlorene. Erzählung. st 3061. 175 Seiten

Mario Vargas Llosa. Tante Julia und der Kunstschreiber. Roman. Übersetzt von Heidrun Adler. st 1520. 392 Seiten

Martin Walser. Ein fliehendes Pferd. Novelle. st 600. 151 Seiten

Ernst Weiß. Der arme Verschwender. st 3004. 450 Seiten